Nº = 701 =

LETTRE

OU

RÉFLEXIONS

D'UN MILORD.

(1)

LETTRE

OU

RÉFLEXIONS

D'UN MILORD

A SON CORRESPONDANT

A PARIS;

Au sujet de la Requête des Marchands des Six-Corps, contre l'admission des Juifs aux Brevets, &c.

Multæ cogitationes in corde viri :
Voluntas autem, Domini permanebit.
Parabol. ch. 9. *v.* 21.

A LONDRES.

L'an 1767.

LETTRE

OU

RÉFLEXIONS

D'UN MILORD.

IL fut un temps, mon cher ami, où des raisons d'intérêt présidoient en partie à notre correspondance. L'amitié seule y préside aujourd'hui. Vous êtes Négociant, je l'étois moi-même. La mort d'un frere aîné m'a rendu Milord. J'ai renoncé au commerce; mais non à l'usage de réfléchir sur cette branche de l'industrie humaine. J'aime à comparer ses rapports, ses moyens, ses ressources. Bien dirigés, ils sont immenses, & plus ils occuperont de Citoyens, plus ils deviendront utiles à la société. On peut comparer le commerce à ces inondations du Nil,

qui fertilisoient le sol de l'Egypte selon
qu'elles en couvroient plus ou moins
la surface.

Un article de la gazette de Hollande
fixa en dernier lieu mon attention. Il
concernoit les Juifs. Je vis qu'ils es-
suyoient beaucoup de difficultés, pour
avoir part aux priviléges qu'on vient de
multiplier parmi vous. Je fus curieux
de me procurer la requête des Marchands : je l'ai lue avec cette impar-
tialité qui laisse toujours le champ libre
à la raison. Il faut l'avouer, cette même
raison ne me paroît pas avoir dirigé
la plume de l'Auteur. Tout, dans cet
ouvrage, est marqué au coin de l'em-
portement & de la haine. J'y vois beaucoup d'imputations & aucunes preuves.
L'envie de trouver des crimes, plutôt
que des crimes découverts. Des anecdotes qui n'ont ni vérités ni vraisem-
blances. En un mot, le résumé d'une
foule de fables ridicules, inventées dans
des siécles d'ignorance ; mais qui ne
devoient jamais reparoître dans un
siécle éclairé.

Me serois-je trompé ? Le régne des
lumières & de la philosophie ne seroit-
il pas encore bien établi, bien reconnu ?
Je sçais qu'il subsiste souvent de ces

haines innées, de ces préjugés nation-
naux, qui ne portent fur rien, & que
rien ne peut détruire. Celui qu'on s'efforce de perpétuer contre les Juifs remonte aux premiers fiécles de nôtre
Ere. Il tire fa fource d'un zéle plus
ardent qu'éclairé. Les nouveaux Chrétiens des autres Nations ne pouvoient
regarder qu'avec horreur la Nation
Juive. On chargea tout un peuple du
crime de quelques particuliers. Les
peres nourriffoient leurs enfans dans
cette prévention. Ceux-ci la tranfmet-
toient chez leurs defcendans. C'eft ainfi
que l'antipathie a fubfifté durant plufieurs fiécles entre deux grandes Nations qui viennent, enfin, d'en recon-
noître l'injuftice & le ridicule. Toutes
les Nations fentiront encore mieux un
jour le ridicule d'avoir craint un Peuple
fans Chef & fans conftitutions, difperfé
par toute la terre, hors d'état de fe
raffembler. Trop peu nombreux dans
chaque pays pour y être craint, &
n'ayant nul intérêt de s'y faire craindre.

Je crois, mon ami, pouvoir à titre
d'homme, embraffer la défenfe de ces
hommes qu'on voudroit opprimer &
noircir. Mais je vous parlerai généra-

tement des Juifs. Je ne dois même
l'idée de m'occuper d'eux, qu'au li-
belle imprimé contre eux.

Je ne remonterai pas aux premiers
siécles de votre Monarchie, siécles de
ténèbres, d'ignorance & de contradictions. Les Juifs y éprouverent bien
des viciscitudes. Une raison d'intérêt
les faisoit admettre ; une autre raison
de la même espece les faisoit proscrire.
On sçait que rien n'est stable dans les
siécles de barbarie. Je passe à celui où
les lumieres commencerent à se répandre parmis vous. Cette époque remonte
à François I. Et celle de l'admission
des Juifs Portugais en France, est l'ouvrage de son successeur.

Henri II, Prince qui ne portoit pas
au même degré que son pere, l'héroïsme
de la Chevalerie ; mais qui avoit beaucoup de ces qualités qui distinguent
les grands Rois ; Henri II sentit combien il étoit essentiel pour lui d'aug-
menter les ressorts du commerce dans
ses Etats. C'étoit ajouter au bien-être
de ses Sujets, & à ses propres ressources. Il sentit même que l'industrie du
François avoit encore besoin d'être
éclairée par des exemples. Des Marchands Portugais Juifs se présentoient.

Ce Prince les accueillit. Il leur accorde des Lettres-Patentes, par lesquelles il leur permet de s'établir dans telle Ville, tel lieu de son Royaume, & autres terres de son obéissance qu'ils jugeroient à propos. Ces Lettres sont du mois d'Août 1550 (a), & furent enrégistrées au Parlement de Paris le 22 Décembre de la même année. Rien ne prouve mieux combien la note 10 de la requête des Marchands porte à faux. On y lit: que ces Lettres-Patentes n'avoient été enrégistrées au Parlement de Paris que 24 ans après. L'Anachronisme n'est pas léger; mais on songeoit plutôt à nuire, qu'à être exact.

D'après ces Lettres-Patentes qui les naturalisent François, plusieurs d'entre ces Juifs s'établirent dans la Guienne. Ils y faisoient un commerce considérable. On peut même dire, que celui de Bordeaux & de Bayonne, leur doit son premier éclat. Ils lui donnerent plus d'étendue, plus d'activité, plus de crédit, tant sur mer que sur

---

(a) *Voy.* le Recueil des Lettres Patentes, & autres pieces en faveur des Juifs, &c. imprimées chez Valeyre, *in-12.* & chez Moreau, rue Galande, en 1765.

terre ; ils introduifirent la banque dans
ces deux Villes , où elle étoit prefque
entierement ignorée : en un mot, leur
admiffion fut extrêmement utile , à leurs
nouveaux Concitoyens, les vûes du
Monarque, fe rempliffoient de jour en
jour.

Mais les vues de quelques particuliers
jaloux , ne s'accordoient pas avec le
bien général. Ils formerent le projet,
d'obliger les Juifs à quitter le pays : ils
leur imputerent des crimes imaginaires
& fupofés. La fauffeté & l'atrocité de
ces imputatations éto'ent trop frap-
pantes ; elles armerent le Parlement de
Bourdeaux contre les délateurs. Ce
Tribunal vangea les Juifs par un Arrêt
du 17 Mars, 1574.

Des Lettres-Patentes de Henri III,
viennent à l'appui de celle d'Henri II,
en confirment toutes les difpofitions,
& mêmes celles de l'Arrêt du Parlement de Bordeaux. Le Roi y parle &
de la fauffeté des imputations , faites
aux Juifs, & de l'avantage qui réful-
toit de leur commerce pour fes états :
charge le Parlement de Bordeaux,
d'enregiftrer ces Lettres ; il en accorda même de nouvelle aux Marchands
Portugais, pour que ceux-ci puiffent

demeurer furement & continuer librement leur commerce dans la Ville de
Bordeaux & autres lieux de fon obéif-
fance (a). Ces dernieres Lettres,
font du 11 Novembre, 1574.

Vous regardez fans doute en France, & avec raifon, Louis XIV, comme un des Rois qui a le mieux connu
l'art de gouverner. Il n'a fait de fi
grandes chofes, que parce qu'il s'étoit
préparé de grandes reffources. Il s'at-
tachóit fur-tout aux progrès du commerce & de l'induftrie. Il fçavoit auffi,
de même que fon digne Miniftre Col-
bert, combien il eft effentiel pour un
État d'acquérir & de conferver des
hommes. Louis XIV. confirma les Lettres Patentes de Henri II. celles de Henri III. & en étendit même les difpofitions. (b) Il fut ordonné par un Arrêt
du Parlement de Bordeaux, du 26 Mai
1658, que ces Lettres feroient exécutées dans tout fon reffort, felon leur forme & teneur. Le Bureau des Finances de
Guienne, ordonna la même chofe par

_____

(a) *Voy.* le Recueil des Lettres Patentes,
cité ci-devant.
(b) *Voy.* les Lettres Patentes de Louis XIV.
1656.

un jugement rendu le 24 Juillet 1677.

Les Juifs Portugais établis dans toute la Guienne, & en particulier dans les Villes de Bordeaux & de Bayonne, ont joui constamment de l'effet de ces Lettres-Patentes. Ils y sont même encore aujourd'hui en paisible possession de leur état, comme naturels François.

Je vous cite à la hâte, tout ce que ma mémoire me fournit sur cette matiere. Peut-être ne m'offre-t-elle pas tout ce qu'il y auroit de plus avantageux à dire pour les Juifs; mais au moins ne citerai-je rien que d'exact. Venons à une objection, sur laquelle appuyé beaucoup l'Auteur de la Requête. Selon lui, les Juifs de Bordeaux ne peuvent se prévaloir des différentes Lettres-Patentes qu'ils ont obtenues sans avouer une double apostasie. Ils n'étoit, dit-il, soufferts en France, qu'à titre de Marchands Portugais, nouveaux Chrétiens. On peut sans remonter bien loin, prouver la fausseté de cette assertion.

Les Juifs Portugais sont expressément désignés *Juifs*, dans un Arrêt du Conseil du 21 Février 1722; ils sont désignés *Juifs* dans les Lettres-

Patentes de Sa Majesté Louis XV, glorieusement régnant, données à Meudon, au mois de Juin 1723 ; Lettres qui révoquent cet Arrêt de 1722, & confirment toutes celles qu'ils avoient obtenues jusqu'alors. Les Juifs avoient représenté au Roi qu'il leur étoit permis de s'établir dans toutes les Villes, dans tous les lieux de son obéissance ; d'y vivre avec leurs femmes, leurs enfants, leurs commis & facteur, suivant leurs *usages*. Sa Majesté reconnoît la vérité de ces faits. Elle confirme les anciennes Lettres-Patentes, & accorde de nouveau par les siennes, que les Juifs connus sous le nom de Portugais, seront & demeureront affermis & maintenus dans leurs mêmes droits, maniere de vivre & de négocier ; avec les mêmes franchises, les mêmes libertés qu'auparavant l'Arrêt en question, qui se trouve lui-même révoqué par ces Lettres, comme nul & de nul effet, elles furent enrégistrées le 13 Novembre de la même année, au Parlement de Bordeaux. (a)

C'est ce qui se trouve de plus con-

(a) *Voy.* le Recueil déja cité.

firmé par une Ordonnance du 15 Juillet 1728. La dénomination des *Juifs*
n'y eſt pas plus ménagée que dans les
Lettres-Patentes. On y lit expreſſé-
ment , » que Sa Majeſté voulant que
» les Lettres-Patentes portant établiſ-
» ſement de la *Nation Juive* , dans la
» Vile de Bordeaux , ſoient plaine-
» ment exécutées, & que ceux de cette
» Nation jouiſſent de tous les priviléges
» mentionnés eſdites Lettres ». (*a*)

Comment l'Auteur de la Requête ,
oſe t il nier ou déguiſer de pareils
faits ? N'eſt-ce pas ſe refuſer à l'évi-
dence ? N'a t-il pas vu que ces Lettres-
Patentes , ne déſignent les Juifs que
par leur nom de *Juifs* ? Que ſignifie-
roient ces mots : *tous les Juifs* ? ſinon
que les Lettres Patentes obtenues par
les Portugais , ou nouveaux Chretiens ,
établis à Bordeaux , leur ont toujours
été accordées comme Juifs , & que le
titre de Portugais , ou nouveaux Chrétiens n'eſt que pour les diſtinguer des
Juifs qui ne ſont point Portugais.

Le même Auteur évite avec ſoin
toutes les époques modernes. Il aime

(*a*) *Voy.* la derniere piece du Recueil cité.

à s'envélopper dans les ténébres de vos siécles gothiques. Tout ce qui se rapproche de nous l'inquiéte. On pourroit (& cette comparaison n'a rien de désobligeant) on pourroit dis-je, le comparer au Nestor d'Homere, qui ne croit qu'à l'héroïsme des braves, qui vivoient deux ou trois siécles avant les Ajax, les Diomédes, & les Achilles.

C'est à cette répugnance pour les monumens nouveaux, qu'il faut sans doute attribuer une autre omission de sa part. Il s'est bien gardé de faire aucune mention des Lettres-Patentes accordées par Sa Majesté, aux six familles des Juifs Avignonois. Ainsi que de celles accordées, à une famille de Juif Allemands nommé *Epheraïm*. Les unes ne sont cependant que du mois de Mai 1759, & les autres de 1762. On voit dans les premieres, les six familles de Juifs Avignonois établis à Bordeaux, dénommés dans cet Arrêt par leur propre nom de *Juifs*. Il est vrai qu'on y ajoute en même-tems, ou nouveaux Chretiens, ce qui n'offre aucun sens spécial. Je m'en rapporte à l'enregistrement fait au Parlement de Bordeaux. Il souffroit quelques contradictions de la part des Marchands Bordelois ; mais

elles furent réjettées ; elles ne fervirent
qu'à rendre l'enrégiftement plus authen-
tique. Le *fix familles des Juifs Avigno-*
nois, y font défignées de maniere à ne
laiffer aucune équivoque.

Pourquoi, enfin, l'Auteur de la Requête paffe-t-il fous filence l'Arrêt du
Confeil d'Etat du 26 Avril 1760 ? Cet
Arrêt comme vous voyez, très-mo-
derne, ordonne : « que la commiffion
» du Grand Sceau du 18 Janvier de
» la même année, obtenue par les
» Syndics & Gardes des Marchands
» de Draperies & Soïeries, de la ville
» de Bordeaux ; contre *les fix familles*
» *des Juifs Avignonois* y établis feront
» rapportées ; & décharge lefdits *Juifs*
» *Avignonois*, de tout ce qui s'en eft
» enfuivi. » Si l'Auteur s'étoit donné
la peine de lire ces différents textes,
il m'eût peut-être épargner celle de les
citer.

Avouez-le, mon Ami, l'édifice élevé
par les Marchands menace ruine de
toute part : je ne penfe pas qu'eux
même comptent fur fa folidité. Encore
moins qu'ils efperent détruire les dé-
fenfes de ceux qu'ils attaquent. On
ne détruit point l'effet d'une fuite de
Loix, auffi pofitives, auffi folemnelles

que

que ces Lettres-Patentes, renouvellées & confirmées de Regne en Regne.

Il est vrai, que les suppositions ne coûtent rien à ces Messieurs. Ils ont osé avancer, que les Juifs furent bannis du Royaume de France, sous le Regne de Philippe-le-Long, & qu'ils n'y rentrerent jamais par autorité publique, &c. Cependant, nous trouvons qu'ils ont été rappellés sous le Regne suivant : Charles Dauphin de Viennois les réintégra en 1356 : depuis ce moment on les a vû habiter librement le Royaume ; quelques-uns même y occupoient des places distinguées. *Propanus*, Juif & célèbre astronome, enseignoit à Montpellier au milieu du 15e siécle : Marie de Médicis, fit venir *Montalie*, autre fameux Juif, pour lui servir de Medecin ; elle fit plus, elle obtint d'Henri IV. une entiére liberté de conscience pour lui, & pour toute sa maison. On dit même, que le Roi lui fournissoit des relais, pour qu'il ne violat pas le *Sabbath*, en allant voir un malade éloigné. (a)

(a) *Voy.* Barios, relation de Las Poetas, p. 55. *Voy.* les Mémoires de Bassompierre sous

B

Cela prouve, que ni Henri IV. ni Marie de Médicis, ne croyoient pas au prétendu crime de *Sédécias*, Medecin de Charles-le-Chauve ; autrement leur confiance envers *Montalte*, eût peut-être été moins entiére. Cependant l'Auteur de la Requête n'hésite point à prononcer ; il avance que Charles-le-Chauve mourut empoisonné par *Sédécias*, son Medecin. Il cite à ce sujet, Mr. le Président Hainault: il falloit donc citer l'article en entier: on auroit vû, que dans sa nouvelle édition, cet exact & judicieux historien dit expressément ; que *Sédécias* n'ayant été que soupçonné de ce crime, suivant plusieurs Auteurs, il est juste de ne l'en point charger positivement. L'Humanité semble même exiger qu'on rejette ce soupçon ; puisque, comme le dit l'Auteur mot à mot, » aucun » ancien Historien ne nous a appris si » ce Medecin avoit été puni. «

D'ailleurs Mézerai dans son Abrégé Chronologique de l'Histoire de Fran-

---

l'an 1615. & Basnage, Histoire des Juifs, liv. 9. ch. 25. sect. 20 & suiv. de l'édition d'Hollande, *in-12*.

ce (a), dit que : » tandis que Charles-
» le-Chauve, étoit éloigné de son
» Royaume, les Seigneurs François,
» formerent une horrible conspiration
» contre lui. Boson même son favori, &
» frere de sa femme se joignit avec eux,
» ils le haïssoient mortellement, &c. «

Je n'aime point à risquer de con-
jectures en matiere de crime. Il est
affreux de l'attribuer à qui ne l'a point
commis. Je serois porté à croire, que
les ennemis puissants, dont parle Mézerai, étoient plus dangereux pour
Charles-le-Chauve, que son Medecin:
qu'il seroit possible, qu'ils l'eussent
fait mourir en passant par le Mont-
Cénis, & qu'ensuite, suivant la cou-
tume de ce tems-là, on eut attribué
ce crime à quelque Juif. Sédécias,
Medecin du Roi se présentoit tout
naturellement : mais enfin pourquoi
ne paroît-t-il pas avoir été puni ?
Etoit-ce l'usage de traiter avec tant
de douceur un Juif coupable ?

C'est une maxime constante, que
jamais le crime ne se présume, & que
sans les preuves les plus convaincantes,

il ne peut être attribué à personne.
Pourquoi donc l'Auteur de la Requête,
& les Marchands essayent-ils de
tirer de l'oubli un tas de calomnies
& d'horreurs, imputées depuis plus
de mille ans à tous les Juifs, répandus sur la Terre, pour en charger ceux
qui existent actuellement ?

Que l'on parcoure les fastes des Nations les plus policées, même les plus
Chrétiennes ; que l'on réunisse sous un
même point de vuë, les differents crimes qui s'y sont commis durant une
suite de siécles : combien ce tableau
ne présenteroit-ils pas d'horreurs en
tout genre ? Les Habitans de ces con-
trées en seroient-ils moins estimables ?
La Nation entiére seroit-elle dés-
honorée par les fautes de quelques
mauvais Citoyens ? Que l'on en juge,
non par l'exemple d'un Etat entier,
ni même d'une province, mais par
celui d'une Ville. L'Histoire de Paris
ne fourmille-t-elle pas de crimes commis par plusieurs de ses Habitants ? La
pûpart même ont été punis. Le sur-
plus des Habitants de cette Ville, en
sont-ils moins respectables, & moins
respectés ? De même si quelques Juifs,
peuvent avoir commis certains crimes.

(& il a pû réellement se trouver quelques Juifs coupables depuis que cette
Nation exiſte) eſt-ce une raiſon de
regarder comme criminels, tous ceux
qui ont pris naiſſance dans ſon ſein?

Cette ſeule réflexion pourroit ſup-
plier à une infinité d'autres, elle ſuf-
firoit pour écarter ces odieuſes imputations, qui déshonorent la Requête
des Marchands.

Mais, mon ami, puiſque j'ai pris la
plume, je ne veux pas la quitter encore. Je veux démontrer le peu de fon-
dement de ces imputations en elles-
mêmes. Je veux y joindre quelques
réflexions ſur l'état & la conduite particuliere des Juifs, ſoit en France, ſoit
dans les autres Etats connus : je revien-
drai enſuite ſur quelques fauſſes ob-
jections, ſur quelques calomnies ſe-
mées avec profuſion dans cette Requête.

Les Juifs ont toujours eu des ennemis, des envieux parmi le commun
du peuple & les ignorans. Mais les
hommes inſtruits, les Princes éclai-
rés les ont jugés ſur d'autres principes. Ils les ont toujours accueillis ou
recherchés, tant à cauſe de leur aptitude pour les ſciences, que relative-

ment à leur intelligence pour le c om-
merce & les affaires utiles au bie n général de l'Etat.

Je me fouviens d'avoir lû, mon ami,
(*a*) que l'Empereur Honorius donna
une loi en faveur des Juifs qui lui fit
honneur, il déclara que « la gloire d'un
» bon Prince confifte à laiffer chaque
» fociété jouir tranquillement des droits
» qui lui font acquis, & que, lors mê-
» me qu'une Religion n'eft pas ap-
» prouvée d'un Souverain, il doit lui
» conferver fes privileges. En fuivant
» cette maxime, il fit beaucoup de dé-
» fenfes de molefter les Juifs. Auffi à
» Port-Mahon, qui étoit pour lors fous
» fa domination, les Juifs y étoient
» confidérés au point qu'ils y exer-
» çoient toutes les dignités civiles, &
» jouiffoient des titres les plus hono-
» rables ».

L'irruption des Vandales, (peuple
cruel) devoit naturellement être fatale
aux Juifs : il ne paroît point qu'ils aient
été plus maltraités que d'autres. Ils
avoient la liberté de profeffer leur Religion, & de commercer (*b*).

_____

(*a*) *Voy.* Cod. Theod. tom. 16. liv. 20.
(*b*) *Vid.* Tefor. del Regn. d'Ital. fub The-
dorico.

En Italie fous *Gregoire - le - Grand*, les Juifs étoient nombreux & tranquilles. Gregoire - le - Grand lui même exhortoit fon Clergé & fon Troupeau à les ménager, à les traiter avec douceur (*a*);

Sous Louis le Débonnaire, ils eurent toute forte de liberté. Ce Prince leur accorda de fi grands priviléges, qu'ils leur attirerent bien des jaloux. C'eft ce qui arriva fur-tout dans le Diocèfe de Lyon (*b*). *Agobard* qui en étoit alors Evêque, chercha à les perfécuter. Il fit des loix terribles contre eux, & les accufa de plufieurs crimes. Les Juifs ne balancerent pas à fe plaindre à l'Empereur, qui envoya trois Commiffaires à Lyon pour en informer. L'information faite, on rétablit les Juifs dans leurs droits. Ce qui mortifia fort Agobard. Ce Prélat quoique d'ailleurs très-modéré & ennemi de la perfécution, douta que ce fuffent de véritables ordres de l'Empereur. Il ne

---

(*a*) *Vid*. Gregoi. I. liv. IV. iud. 13. ep. 50. liv. 7. ep. 24.
(*b*) *Voy*. Agobard de infolen. Judæor. & Epiftol. Bernardi. & Evrardi de Judaïc. & Bafnage; l. c. fect. 14.

s'arrêta pas même au sceau du Prince,
qui y étoit apposé. Il chargea les Juifs
de nouveaux crime , & envoya à la
Cour de nouvelles remontrances contre
eux , signées de deux autres Evêques.
Évrard , Commissaire de l'Empereur,
ayant examiné cette affaire , la Cour
n'eut aucun égard aux accusations. On
les regarda comme fausses , mal fon-
dées ; & la plûpart l'étoient effecti-
vement. D'autres étoient si ridicules ,
qu'elles dévoiloient le zele aveugle de
ce Prélat. *Agobard* , voyant tous les
pieux efforts inutiles , fit un voyage à
la Cour pour solliciter plus efficace-
ment contre les Juifs ; il eut audience
de l'Empereur , mais ce fut une Audience de congé (*a*).

En l'année 1244 , le Pape Innocent IV. écrivit en faveur des Juifs
de France & d'Allemagne , contre les
faux bruits qui s'étoient semés parmi
les peuples , que les Juifs , aux fêtes
de Pâques , immoloient un enfant
Chrétien pour en avoir le sang. Ce
conte absurde fut même cause qu'on

_____

(*a*) *Voy.* l'Histoire Universelle traduite
d'une Société de gens de lettres de Londres ,
tom. 23. pag. 448. édit. de Hollande.

les dépouilla de leurs biens, qu'on les emprisonna, & qu'on leur fit souffrir toute sorte de cruautés, sans garder aucune forme de Jugement. C'est ce qu'on peut voir dans la lettre que ce Pape envoya aux Archevêques & Evêques d'Allemagne & de France. Il y reprend fortement tant les personnes ecclésiastiques que séculieres, Princes, Nobles & autres Puissans, qui imposoient aux Juifs *malicieusement & par des artifices diaboliques, des crimes dont ils n'étoient point coupables* (a).

L'an 1235 le Pape Gregoire IX se vit obligé de protéger les Juifs qui étoient injustement tourmentés dans toute l'Europe. Il témoigna qu'il avoit été fléchi par leurs pleurs ; sachant bien, dit-il : *qu'ils ne sont nullement coupables des crimes que les Chrétiens leur imputent, pour avoir leurs biens, en abusant de la Religion, pour donner quelques couleurs à leur avarice.* On peut lire là-dessus dans *Raynaldus*, la lettre de ce Pape adressée à tous les Chrétiens elle est écrite de *Peruse*, la neu-

---

(a) *Voy.* la Biblioth. critique du R. P. Richard Simon, tom. I. pag. 115. & 116.

C

vieme année de son Pontificat ; & afin qu'elle eût plus d'autorité, il propose l'exemple de ses Prédécesseurs, *Califte*, *Eugene*, *Alexandre*, *Clément*, *Celestin*, *Innoceut* & *Honorius*, qui avoient aussi pris la défense des Juifs, & prononcé anathême contre ceux qui continueroient à les persécuter.

L'année suivante le même Pape écrivit de *Ricti*, une lettre datée du 9 Septembre qui commence par ces paroles. (*Lacrymabilem Judæorum Frantiæ*). Il y déplore le pitoyable état des Juifs de France, « affligés injustement par » les Chrétiens ; qui, au lieu de se dis-» poser à la guerre sainte par les voies » de la Justice & de la Piété, inven-» toient toute sorte de malice contre » les Juifs pour les perdre, & exer-» çoient envers eux des cruautés » inouies, ne prennent pas garde que » les Chrétiens sont redevables aux » Juifs des fondemens de leur Religion». Ce sont les paroles de ce Pape qu'on peut voir plus au long dans le même Raynaldus. Il y reproche à ces faux zélés le prétexte de la Religion dont ils abusoient pour ravir avec plus de liberté le bien de ces hommes sans

appui & fans défenfe. Il écrivit auffi
à Saint Louis une lettre fur le même
fujet (a).

Théodore, la derniere année de fa
vie, donna une loi en faveur des
Juifs, « contre le zele mal-entendu,
» dit-il, de quelques Chrétiens qui,
» fous prétexte de Religion, pilloient,
» & démoliffoient leurs Synagogues,
» ce qui étoit défendu par les loix qui
» leur accordoient la liberté de conf-
» cience, ordonnant de punir févére-
» ment ceux qui en agiroient ainfi (b). Il
» leur accorda même une Jurifdiction
» particuliere pour les procès qu'ils
» avoient avec les Chrétiens, ou entre
» eux ; ce qui non feulement leur épar-
» gnoit la dépenfe d'aller demander
» Juftice à des Tribunaux étrangers,
» mais la leur faifoit obtenir plus aifé-
» ment du Tribunal qui leur étoit fpé-
» cialement affecté ».

Avant la conquête de la Terre Sainte,
on chargeoit les Juifs, plutôt d'impiété
contre les Images, que contre les

(a) *Voy.* les Annales de Baronius.
(b) *Vid.* Cod. Theod. tom. 8. pag 227; &
Bafnage t. 8. ch. 5, fect. 22. & fuivant, & les
Loix de Théod.

hommes , parce que c'étoit la difpute
regnante. Au commencement du 11ᵉ.
fiécle, on accufa les Juifs de France,
& particuliérement ceux d'Orleans,
d'avoir donné des avis fecrets au Prince
de Babylonne. Ces avis confiftoient,
difoit-t-on , à l'avoir prevenu q e s'il
ne détruifoit au plutôt l'Eg ife des Chrétiens, qui étoit à Jerufalem, ils fe
rendroient en peu de tems les maîtres
de fes Etats. Ce Prince ayant fait par
hazard démolir leur Eglife, on commença pour lors à exercer d'étranges
cruautés contre les Juifs ; & toutes
les accufations qu'on fit par la fuite
contre eux, furent très bien reçuës
(a). Baronius rapporte, d'après *Otton
de Frifingue*, qu'un certain Moine nommé *Raulphe*, homme de bien en apparence, & plus zelé que fçavant, tâcha
d'attirer à lui les peuples de *Cologne*,
de *Mayence*, de *Spire* & de *Strasbourg*,
pour fe croifer contre les Juifs. Il
enfeignoit publiquement qu'il les doit
tous mettre à mort comme ennemis
de la Religion Chréti nne : il ne réuffit
que trop bien dans plufieurs Villes

_____

(a) *Voy.* la Biblioth. crit. déja citée, t. 3.
pag. 12. & 13.

d'Allemagne & de France. On y vit
le sang innocent des Juifs répandu avec
fureur par ces séditieux ; il fallut
enfin que ces malheureuses victimes
qu'on égorgeoit, eussent recours à la
protection du Roi des Romains, &
cherchassent leur sûreté dans Nurem-
berg. Nous avons encore aujourd'hui
une lettre de St. Bernard sur ce sujet,
adressée à *Henri*, Archevêque de Mayence, dans laquelle il refute cette
pernicieuse hérésie du moine *Radulphe*,
qu'il appelle homicide & père du men-
songe, (*homicidia & pater mendacii*).
Il traite la Doctrine de ce moine
de ruse infernale, qui détruit toute la
Religion. (*Sapientia infernalis, con-*
traria Prophetis & Apostolis inimica
submersio pietatis & gratiæ). Il fait
voir par l'Ecriture Sainte, le retour
des Juifs que l'Eglise souhaite dans ses
prieres. (*Cum plenitudo gentium intra-*
verit, tunc omnis Israel salvus fit.)

Ce qui se passa relativent aux Juifs,
en l'année 1338, sous le Pontificat de
Benoît XII. mérite d'être remarqué.
Il pouvoit arriver que rien ne fut ap-
profondi ; & le plus grand péril les
menaçoit encore. On trouva proche
de la porte d'un Juifs, dans une Ville

du Diocèfe de *Paffau*, une Hoftie
teinte de fang. Le Peuple fuivant fes
préjugés ordinaire, crut que les Juifs
lui avoient donné des coups de cou-
teau : l'affaire fut porté à *Albert, Duc
d'Autriche*. Ce Prince déjà inftruit par
plufieurs exemples, de la malice &
du faux zèle de quelques Chrétiens,
de leur extrême envie de nuire aux
Juifs, commença à douter que l'Hoftie
fût véritablement confacrée. Il con-
fulta le Pape, qui commit cette affaire
à l'Evêque de Paffau. La réponfe que
le Pape fit au Duc, contient plufieurs
hiftoires qui avoient fait douter le même
Duc de la vérité de cette accufation.
Il étoit même arrivé depuis peu que
dans une Ville d'Autriche , certain
Clerc avoit jetté à l'écart dans l'Eglife,
une *Hoftie* toute teinte de fang : mais
qui n'étoit point confacrée : qu'enfuite
en ayant été convaincu en préfence
de l'Evêque de Paffau, & de plufieurs
autres perfonnes, dont une partie vi-
voit encore, il confeffa, qu'il avoit
lui-même arrofé cette Hoftie de fang,
pour faire croire au Peuple , que les
Juifs étoient les Auteurs de cette mé-
chanceté. Un autre *Clerc* enchérit encore
fur la malice du premier. Voyant que

cette Hoftie, qu'on adoroit publiquement dans l'Eglife fe corrompoit, &
étoit rongée par les vers, il en fubf-
titua une autre qui n'étoit point non
plus confacrée, & qui fut pareillement
l'objet de l'adoration du Peuple : ce
fecond *Clerc* avoua comme le premier,
qu'il l'avoit fait en haine de la Nation
Juive (*a*).

Sous Alphonfe IX. Roi de Caftillle,
qui avoit pour Intendant de fes Finances, un Juifs nommé, *Jófeph Daf-
zigi* ; il y eut une révolte également
occafionnée par une méprife. On ac-
cufoit un petit enfant Juif, d'avoir
uriné dans un Calice qu'on portoit à
la Proceffion. Le Confeil fut affemblé
dès le foir, on y délibéra fur l'exil,
ou le maffacre des Juifs : l'avis du ban-
niffement prévalut, & le Roi figna
l'Edit qui leur enjoignoit de fortir du
Royaume, dans l'efpace de trois mois.
Heureufement pour eux, que le Prince
Royal demanda la revifion du procès,
& il fe trouva que c'étoit un jeune
Chrétien, qui s'étant mis à la fenêtre

(*a*) *Voy.* la Biblioth. critique déja citée,
fol. 117. & fuiv. dont ceci eft tiré mot à mot,

par curiofité pour voir paſſer la Pro-
ceſſion ; avoit renverſé un pot d'eau
ſur le Calice : le Roi révoqua ſon
Edit. (a)

Je ſuis las de vous tranſcrire tant de
faits dont gémit & rougit l'eſprit humain. Les Juifs n'ont pas été ſeulement
accuſés de divers crimes , qui leurs ont
été imputés mal à propos ; on les accuſe
encore d'avoir empoiſonné les Eaux ,
les rivières & les fontaines. L'Auteur
de la Requête , oſe l'avancer : y-a-t-il
bien réfléchi? Où en eſt la preuve? Qui
a conſtaté juridiquement ce crime horrible? Les Ecrivains les plus ſenſés ,
& les anciens Hiſtoriens , n'ont donné
ce fait que comme incertain. On peut
lire ce que *Méʒerai* en dit , (b) voici
ſes propres paroles : » On ſoupçonna
» avec quelque raiſon , qu'on avoit cher-
» ché querelle à ces miſérables (Juifs)
» pour avoir leurs dépouilles ; car le
» genie de ce Régne ne fut pas moins
» Fiſcal que celui de Philippe-le-Bel. «

(a) *Voy.* Salom. Ben , virg. p. 181. & Baſnage , liv. 9. ch. 18. ſect. 8. & Marian. de Rebus
Hiſpa.

(b) Hiſtoire de France , t. 6. p. 64. & ſuiv.
de la nouvelle édition *in-*12.

Il est évident par plusieurs circonstances, que ce fait est faux. Croira-t-on par exemple, que les Lépreux tinrent quatre assemblées générales, où il se trouva des Députés de tous les Lazarets, répandus dans tout le monde Chrétien ; qu'ils y distribuerent les terres, les biens & les charges, de ceux qui devoient être empoisonnés par les eaux ? La déposition d'un de ces Lépreux devant le Seigneur de *Pernay*, avec la recette pour empoisonner les eaux, composée de sang humain, d'urine, de trois sortes d'herbes, & d'une Hostie, le tout desseché & enfermé dans un sac que l'on jettoit dans les eaux, & plusieurs autres circonstances, en montrent le ridicule & la fausseté : d'ailleurs si le Roi *Sarrazin* avoit corrompu des Juifs pour un crime aussi noir, il auroit sans doute commencé par l'Espagne, qui lui donnoit plus de jalousie, & non par la France & l'Allemagne, dont il n'avoit rien à craindre.

» Il y a quelque apparence, dit le » Pere Richard Simon, (*a*) qu'il régna

_____

(*a*) Biblioth. Crit. t. I. p. 118. Wolff. n°. 1097. Basnage, liv. 9. ch. 11. sect. 5. & l'Histoire Universelle déja citée.

» alors une grande mortalité dans ces
» deux pays. On dit qu'elle commença
» à Reims, & qu'elle s'étendit en Fran-
» ce & en Allemagne. Comme on ne
» put en découvrir la cause, les Me-
» decins l'attribuerent à la Magie : ils
» accuserent les Juifs; les mechants,
» furent bien aise de rencontrer cette
» occasion, pour avoir quelque pré-
» texte de ravir le bien des accusés ;
» & les simples trouverent une ma-
» tière propre à leur zèle. Le Pape
» Clement VI. touché des persécutions
» injustes qu'on faisoit au Juifs, publia
» un Décret en leur faveur, l'année
» septiéme de son Pontificat, dans
» lequel il y défend, toutes ces vio-
» lences. Mais la fureur du Peuple con-
» tinuant toujours, il fit un second
» Décret, dans lequel, il reprend avec
» des paroles très-forte la cruauté des
» Chrétiens, *bien loin, dit-il, de per-*
» *sécuter les Juif, il est de la justice de les*
» *assister, Jesus-Christ ayant tiré d'eux*
» *son origine.* Il commande même aux
» Archevêques & Evêques, & aux
» autres Prélats de l'Eglise, qu'ils ayent
» à déclarer dans les assemblées au
» Peuple, que s'ils ne se désistent de
» leurs injustes persécutions, ils seront

» *excommuniés.* » Cela n'a pas empêché un Historien moderne (*a*) de soutenir l'empoisonnement des eaux, pour juftifitier la rigueur dont on ufa envers les Juifs. Il eft vrai, que la manière dont il s'en acquitte, ne perfúadera guéres, que ceux qui auront la même partialité que lui. (*b*)

Si je ne préfumois pas que ces exemples font plus que fuffifants pour faire voir toutes les injuftes accufations dont on a chargé la nation Juive ; j'en produirois bien d'autres qui ne font pas moins à fon avantage. Je me contenterai néanmoins d'en rapporter u~ qui fe paffa (environ en 1550) fous le Pontificat de Paul I V. dans la ville de Rome. Quatre - vingt & dix-neuf femmes Juives Profélytes y faifoient les poffédées ; elles dirent quand on les exorcifa, que les Juifs leur avoient envoyé ces Diables, parce qu'elles s'étoient fait baptifer. Le Pape qui haïffoit les Juifs, prit la réfolution de les

---

(*a*) *Voy.* Daniel, Hiftoire de France, Regne de Philippe-le-Long.
(*b*) *Voy.* ce qu'il en dit l'Auteur de l'Hiftoire Univerfelle ci-deffus cité, t. 23.

bannir tóus des terres de fon obéïf-
fance. Un Jéfuite l'arrèta, en lui faifant fentir l'abfurdité de l'accufation ;
fur fon avis on fit des plus amples informations ; les prétendues démonia-
ques avouerent dès les premiers coups
de fouet qu'on leur donna, qu'elles
s'étoient portées à cette fourberie, à
la priere de quelques Courtifans qui
efpéroient s'enrichir des dépouilles des
Juifs. Ces Courtifans furent arrêtés &
punis de mort la nuit ; le Pape ap-
prenant l'exécution, s'écria, « *fans
mon bon Jéfuite j'étois damné, car j'euffe
fait mourir à tort les Juifs! Je prie Dieu
qu'il les convertiffe ; mais, tant que je
vivrai, je ne les haïrai point, ni les
molefterai.* On tient ce fait d'un Auteur (a) à peu près contemporain, &
il dit le tenir lui-même de fon frere qui
avoit été Chapelain du Cardinal de
Granvelle. Ce trait peut fervir (dit
Bafnage) à détromper ceux qui croient
trop légérement les accufations contre
les Juifs & ceux qui ajoutent foi aux
forciers (b).

(a) Louis Guyon, Diverfes Leçons, t. 2.
chap. 9. p. 485.
(b) Je vous prie d'obferver que je n'avance

Dans le deffein qu'on a de rendre les Juifs odieux à tout le monde, on paffe de leur perfonne à leurs livres ; l'auteur de la Requête cite l'Ordonnance de Saint Louis qui fit bruler le Tal-

---

rien qui ne foit tiré des Livres des Chrétiens, & que j'ai choifi exprés Raynaldus, qui a compofé fon Hiftoire dans *Rome*, & a pris de la Bibliothèque Vaticane la plûpart des Refcrits des Papes en faveur des Juifs. Il eft bien vrai que ce même Auteur rapporte quelque Hiftoires, qui font à leur defavantage ; mais il n'y a perfonne, pour peu de reflexion qu'il veuille faire, qui ne juge facilement de la fauffeté de ces Hiftoires, par celle que je viens d'expofer d'autant que fi les Papes & les Princes n'en euffent fait faire eux - mêmes des informations exactes, on auroit auffi-bien cru les Juifs coupables de ces crimes que des autres. Si l'on vouloit ajouter foi à leurs Ecrivains, (dit le Pere Simon dans fa Bibliothèque critique) » ils fe » purgeroient aifément de toutes ces fortes de » crimes, qui n'ont jamais eu d'autres fonde- » mens, que la haine qu'on porte ordinaire- » ment aux Juifs. « C'eft ce qui a obligé plu-fieurs Princes d'appuyer les Juifs contre la ca-lomnie & la jaloufie des efprits populaires ; comme ont fait *Jean Guleas*, & *Sfortia* Duc de Milan, *Pierre du Moncenigo* Duc de Venife, & les Empereurs Frederic III. Charles V. & Maximilien II. fe conformant en cela aux Souverains Pontifes.

4

mud. Il eſt vrai que les Princes & les
Papes ont fait brûler pluſieurs fois les
livres des Juifs; mais il faut obſerver
que cela eſt arrivé dans des tems d'ignorance, lorſque les Chrétiens ne con-
noiſſoient ces livres que d'après le rapports que leur en faiſoient ceux qui
avoient quitté le Judaïſme : ceux-ci,
pour être mieux reçus parmi les Chrétiens, ont ſuppoſé pluſieurs choſes ridicules. Le procès qui fut ſous *Léon X.*
entre *Pheſercorne*, Juif, qui s'étoit fait
Chrétien, & le célebre *Jean Ruchlin*,
touchant le Talmud, eſt une preuve
évidente que les Chrétiens ont parlé
tout autrement des livres Juifs, lorſ-
qu'ils en ont pu juger par eux-mêmes.

L'hiſtoire de ce procès eſt rapportée
au long dans les Commentaires de *Jean
Selidam*, les plus Sçavans Hommes de
ce tems-là, ſe déclarerent ouvertement
en faveur de *Ruchlin*, comme on le
peut voir dans ſes lettres qui ont été
imprimées. La Cour de Rome prit même
ſa défence : l'Univerſité de Cologne qui
l'avoit condamné, fut le ſujet d'une
infinité de ſatyres qu'on lança alors contre elle. L'Evêque de *Spire* que le Pape
avoit commis, pour connoître de cette
affaire, prononça en faveur de ce même

Ruchlin, contre cette Université. Enfin l'estime que font aujourd'hui, la plûpart des Sçavants Chrétiens des Livres des Juifs, dont leurs meilleures Bibliothéques sont remplies, est une preuve manifeste de leur utilité. Si je ne craignois même de faire une digression trop longue, je montrerois le profit réel que l'Eglise des Chrétiens a retiré de ses mêmes Livres. *Ruffin* ayant reproché autrefois à St. Jerôme, qui conversoit trop avec les Juifs, & qu'il changeoit l'Eglise en Sygnagogue ; ce sçavant Pere sçut bien repondre, que son adversaire ne connoissoit pas l'avantage qu'il y avoit de fréquenter les Rabbins. C'est avec beaucoup de raison que les meilleures Villes de l'Europe, gagent des Professeurs, qui enseignent publiquement la Langue Hébraïque dans leurs écoles ; elles suivent en cela, les Constitutions du *Concile* de Vienne tenu sous Clement V.

Il faut bien, mon ami, que les livres des Juifs ne soient pas si ridicules, puisque *Jacques* I. *Roi Darragon*, quoique dévôt & bon Chrétien, loin de mépriser les Juifs & leurs livres ; il les aimoit jusques à emprunter d'eux des leçons de morale ; il leur demanda mê-

me des livres de dévotion & de piété,
pour son usage. (*a*) On voit par là
que s.ils étoient haïs de la populace
& des Ecclésiastiques ignorans , les
scavans & les grands les protégeoient,
les admiroient , & les encourageoient.

Saint Jerôme loin d'avoir du mépris
pour les Juifs , & pour leurs livres,
eut au contraire de grandes liaisons
avec eux. Il apprit d'eux avec beaucoup de peine & de travail l'Hébreu.
Il ne s.est pas fait un scrupule d'avouer
ce qu'il devoit à ces Docteurs, qu'il fit
venir des plus célébres Académies ,
de Tibériade, de Lydda , & d'ailleurs.
Les éloges qu'il donne à ses Maîtres,
& particulierement au Rabbin *Baraba-*
nus en sont la preuve. (*b*)

On dit que l'usure est de précép-
te dans leur loi. Y a-t-on bien fait
attention ? Les Juifs tiennent leur loi
de Dieu. Dieu leur avoit donc com-
mandé le crime ? Tout ce que la loi
leur permet, est de tirer un juste profit
de leur argent, en le prêtant à des étran-

(*a*) *Voy.* l'Histoire Universelle déja citée,
tom. 23. pag. 493.
(*b*) *Voy.* S. Jerôm. in Isaiam. ch. 5.

gers.

gers. Voici le texte : « *Vous ne prête-*
» *rez à usure à votre frere, ni de l'argent*
» *ni du grain, ni quelque autre chose que*
» *ce soit, mais seulement aux étran-*
» *gers* ». (*a*)

Don Calmet (*b*) sur ces mots,
(*mais seulement aux étrangers*) dit :
« Dieu tolere dans les Israëlites, l'usu-
» re envers les étrangers, c'est-à dire,
» envers les *Cananéens*, & autre peuple
» que Dieu leur ordonnoit de traiter
» comme ennemis. C'est un acte d'hosti-
» lité contre eux, dit saint Ambroise ;
» c'est une maniere de faire la guerre
» aux *Cananéens* que de les ruiner par
» ce moyen : exigez l'usure de celui que
» vous pouvez tuer sans crime (*c*).
Ce qui prouve que le mot *étrangers*
ne signifie ici que les sept Nations
Cananéenes, qui étoient en anathême, auxquels il étoit permis de prêter à usure, & non aux autres Nations ».

Les Rabbins, (dit Don Calmet dans
son Commentataire, sur l'Exode, chp.

(*a*) Deuteronome, ch. 23. v. 19. & 20.

(*b*) *Voy.* son Commentaire sur la Bible, sur
ces versets & son Dictionnaire au mot *usure.*

(*c*) Vid. S. Ambrois. de Tobia, ch. 15.

D

22. v. 25) difent : « que l'ufure eſt dé-
» fendue aux Juifs, vis-à-vis de leurs
» freres , & qu'elle n'eſt pas comman-
» dée, mais permiſe, vis-à-vis des Gen-
» tils ; c'eſt-à-dire , les ſept Nations
» Cananéenes ; ils ont même défendu
» l'uſure envers les Gentils , de peur
» que le fréquent uſage qu'ils en fe-
» roient avec l'étranger, ne les enga-
» geât inſenſiblement à l'exercer envers
» leurs freres ; c'eſt-là une régle de
» leurs ſages , qui révoquent en ce
» point la permiſſion que la loi de Dieu
» leur avoit donné. *Sixte de Médicis* (a)
» raconte, que ſous *Philippe Archinto* ,
» Vicaire de Rome , les Juifs de cette
» Ville déclarerent avec ſerment , que
» l'uſure ne leur étoit pas permiſe , ni
» envers leurs freres, ni envers l'étran-
» ger. » Ceci prouve le contraire de ce
que l'Auteur de la Requête avance.

D'ailleurs , les Juifs ſe conforment
par-tout aux loix , uſages , & Ordon-
nances des Princes dans les états, dès
que ils ont le bonheur de vivre. Et s'il
ſe trouve que quelques Juifs ayent tiré
un profit plus fort de leur argent , en le

(a) Vid. Sixte de Medicis de fœneor. Judæor.

prêtant à un intérêt au-deſſus des régle-
ments, on ne doit point leur en faire
un crime ; la néceſſité les y a contraint.
En effet, ſi on a exclus les Juifs de
toutes les charges, & les emplois, ſi on
leur a interdit toute ſorte d'arts & métiers ; ſi on leur a défendu tout eſpéce
de commerce, même les plus licites ;
enfin ſi on les a privés de tous les
moyens honnêtes de gagner leur vie,
& que pour comble de diſgrace, on
aye exigé d'eux de fortes contributions,
il falloit néceſſairement pour vivre, &
payer les impôts, auxquels ils étoient
taxés, qu'ils priſſent le parti de prêter
à uſure. Dira-t-on que c'eſt leur faute ?
N'eſt-ce pas plutôt, celle de ceux
qui les ont obligés & réduit à en venir
à cette extrémité ? Laiſſez les Juifs en
liberré de faire le commerce ; accor-
dez-leur la permiſſion de travailler &
de s'occuper aux arts & métiers ; per-
mettez-leur de s'adonner aux ſciences,
vous les verrez alors pratiquer avec
probité, & à l'avantage de l'État, les
profeſſions, arts & métiers, auxquels
il leur ſera permis de ſe livrer. J'oſe
même dire qu'ils y exceleront. C'eſt ce
qui eſt prouvé par l'hiſtoire de tous les
tems.

Les Juifs ont toujours été utiles aux
pays qui les ont reçus. Ils ont toujours fait des progrès singuliers dans
le commerce ; les arts & les sciences
& sur-tout dans la médecine, & l'astro-
nomie. Qu'on parcoure l'histoire, les
voyages, on verra que cette aptitude
les a fait rechercher par plusieurs Princes de l'Europe.

Le Pape *Sixte* V. fit venir à Rome,
un Juifs François nommé *Gabriël-Ma-
gin*, très-habile dans l'art de multiplier les vers à soye, & de fabriquer
leur produit. Ce Pontife lui accorda
pour lui & pour ses descendents, un
privilége exclusif pour la manufacture
des soyes, & il cassa toutes les décla-
rations, toutes les bulles de ses prédécesseurs, qui pouvoient y être contrai-
res, quand même elles auroient été
données avec serment, & excommu-
nication. (*a*)

Le Portugal entre autre, produisit
un Juif qui s'éleva par son mérite &
son habilité, au commandement de
l'Armée. Il se distingua même autant
par sa rare modestie, que par sa valeur

(*a*) Vid. Bartollocc de Bibliothec. Rabbin.
tom. 4. pag. 20.

& fes fuccès ; & par-là, il rendit inu-
tile, & les cabales & les intrigues.
C'étoit le nommé *Salomon*, *fils de
Jechias*. Il étoit auffi profond Philofo-
phe que Général habile ; fa valeur l'élé-
va à la dignité de Meftre-de-Camp-
Général, qui eft la premiere dignité de
la Milice. Il s'acquitta heureufement
de cet emploi, & commanda l'Armée
avec beaucoup de fuccès (*a*).

Alphonfe X. Roi de Caftille, célébre Aftronome, qui travailloit aux Tables, qu'on a depuis appellé *Alphonfines*,
encourageoit beaucoup les Rabbins. Il
en avoit un grand nombre à fa Cour.
Juda de Tolede Juif, traduifit par fon
ordre quelque ouvrage Aftronomique,
d'Avicennes, & y ajouta le nombre des
Étoiles, qui partagea en quarante-huit
conftellations. Les principaux Juifs qui
aiderent ce Prince à compofer fes
Tables, étoient, *Rabbi Aben Raguel*, &
Rabbi Alquibits de Tolede, qu'il ap-
pelloit fes maîtres (*b*).

» François I. voyant que l'art de

(*a*) *Voy*. l'Hiftoire Univerfelle déja citée,
tom. 2 . pag. 482.

(*b*) Vid. Higuira Hiftoir. Tolett. liv. 21.
ch. 8. & liv. 22. ch. 12.

» de fes Médecins, (dit l'Auteur des
» Anecdotes Françoifes, page 423 (*a*),
» échouoit contre une maladie dont il
» étoit attaqué, pria l'Empereur *Char-*
» *les-Quint* de lui envoyer un Médecin
» Juif. (Ceux de cette Nation, étoient
» les plus eftimés depuis plus de 200
» ans.) On lui envoya un Ifraëlite con-
» verti ; mais le Roi n'en voulut point,
» & fit venir de Conftantinople un Juif
» endurci dans fa croyance. Celui-ci
» lui rendit la fanté ».

Philippe-le-Hardi, dans les Lettres
du rappel des Juifs, dit : « *Qu'il ne*
» *trouvoit pas d'autres moyens pour réta-*
» *blir les Finances épuifées, qu'en rappel-*
» *lant des gens propres à faire fleurir le*
» *commerce, & circuler l'argent.* » *Louis*
Hutain, en les rappellant, dit auffi,
Qu'il rappelle les Juifs pour faire fleu-
rir & rétablir le commerce dans fon
Royaume.

La Lettre que Chriftian IV. Roi de
Danemarck, adreffa le 25 Novembre
1622, aux Juifs d'Amfterdam, (*b*)

(*a*) Imprimées à Paris en 1767, chez Vin-
cent, rue S. Severin.

(*b*) *Voyez* l'Avertiffement du Recueil des
Lettres-Patentes en faveur des Juifs, déja cité.

prouve affez le cas que plufieurs Puiffances de l'Europe font de la Nation
Juive. Les priviléges que le Roi d'Ef-
pagne régnant, accorda aux Juifs, à
fon avénément à la Couronne de *Na-*
ples & de *Sicile*, celui que le Roi de
Suéde leur accorda en Janvier 1746 (a),
ceux de l'Impératrice de Ruffie, &
l'Édit qu'elle donna en faveur de la
même Nation. Ceux de l'Empereur
Léopold I. Duc de Lorraine, du 20
Octobre 1722. Ceux que feu Sa Majefté le Roi de Pologne, (de glorieufe
mémoire) Duc de Lorraine leur accorda en Janvier 1753. Ainfi que plufieurs
autres Puiffances de l'Europe, que je
paffe fous filence, prouvent affez l'a-
vantage que les Souverains peuvent
tirer de l'admiffion des Juifs dans leurs
Etats. J'ofe même dire, que c'eft à
cette Nation à qui l'Europe eft rédeva-
ble de la rénaiffance des Lettres & des
Beaux-Arts. Pour le prouver je vous
citerai ici un paffage de l'Hiftoire abré-
gée de la Ville de Nîmes, qui vient
d'être nouvellement imprimée à Amfterdam : on y lit, page 24 & 25 ces

_____

(a) *Voyez* l'Abrégé de l'Hiftoire du Nord,
en l'année 1746.

paroles : » Ce fut fous la minorité
» d'Aton VI. (a), que les Juifs éta-
» blirent des Univerſités, ou Acadé-
» mies, dans les environs de *Nîmes.*
» Cette Nation produiſit alors des hom-
» mes récommandables par leur ſça-
» voir. Le Rabbin *Abraham*, qui étoit
» Profeſſeur à *Vauvert*, ſe voyoit des
» Diſciples des pays les plus éloignés ;
» il ajoutoit ſouvent au don de ſes con-
» noiſſances, celui d'une partie de ſes
» biens, pour ſubvenir aux beſoins de
» ſes éleves indignes. Si nous n'avions
» des monumens certains ſur cette par-
» tie de l'Hiſtoire de l'Eſprit humain,
» on auroit aujourd'hui bien de la peine
» à ſe perſuader qu'un Juif ait eu cette
» généroſité, & que c'eſt à cette Na-
» tion que l'on doit dans l'Europe, la
» rénaiſſance des Lettres & des Beaux-
» Arts ».

Si l'Auteur de la Requête des Marchands, avoit été moins prévenu contre les Juifs, il n'auroit pas non plus
ignoré ce que *Savary* dit dans ſon Dictionnaire, ſur le mot Juifs. Voici ſes
propres termes : » Le Juifs, ont la

_____

(a) en 1163.

» réputation

» réputation d'être très-habiles dans
» le commerce..... Il eſt certain que
» les Nations mêmes qui ſont les plus
» prévenues contre les Juifs, non-ſeu-
» lement les ſouffrent parmi elles, mais
» ſemblent même ſe piquer d'en appren-
» dre les ſecrets du négoce, & d'en
» partager avec eux les profits......
» Pluſieurs Souverains ne les regardent
» point autrement que le reſte des Bour-
» geois de leurs Villes, & n'y mettent
» de différences que par le plus ou
» moins d'utilité qu'ils en retirent par
» rapport au commerce.......Ils ſont
» très-riches : ils ſe mêlent de toute
» ſorte de commerce, particulierement
» de celui de la Banque. Ils ſont très-
» accrédités, ſoit pour le change, ſoit
» pour les entrepriſes du négoce de
» marchandiſes, au-dedans & au-de-
» hors. Ceux d'Amſterdam font preſ-
» que tout celui de Barbarie ; il n'y a
» guére qu'eux, qui ayent part aux trois
» ou quatre Vaiſſeaux Hollandois, qui
» y vont tous les ans. Tout ce com-
» merce ſe faiſant entre eux, & les
» Juifs de l'Echelle de cette côte : par-
» ticulierement de *Salé*, de *Saphia*, &
» de Sainte *Croix*....Ceux de *Livourne*
» ſont protégés & favoriſés ; non ſeu-
» lement ils ont auſſi une ſuperbe Sy-

E

» nagogue. . . . . mais encore le *Duc Fer-*
» *dinand* qui les y a établis , leur a
» accordé une Jurifdiction civile &
» criminelle , qui leur eft propre, dont
» eux-mêmes ont le pouvoir de créer
» les Magiftrats, & de laquelle il n'y
» a appel que devant le Grand Duc ,
» en cas de mal-jugé. . . . : Ils ont une
» fi grande part dans le commerce qui
» fe fait dans cette Ville célébre, qu'on
» y refpecte en quelque forte leur jour
» de Sabbat. Perfonne ne fe trouvant
» fur la place , le Samedi , & ne s'y
» faifant aucun commerce. On peut
» voir (continue le même Auteur) dans
» plufieurs endroits du Dictionnaire, le
» grand commerce que les Juifs font
» dans le refte de l'Europe, en *Afie* ,
» & en *Afrique* , & les avantages qu'ils
» produifent dans les Etats où ils font
» établis ».

   » Je me fuis amufé fouvent (dit
» le Spectateur Anglois) (*a*) à fpeculer
» fur la race des Juifs, dont j'ai trouvé
» grand nombre dans la plûpart des
» Villes confidérables où j'ai été durant
» le cours de mes voyages: difperfés
» dans tous les pays du monde, où il

(*a*) Tom. 5. pag. 442. & 443. de l'édition
de Paris, 1756.

（ 5 1 ）

» y a quelque commerce, ils font de-
» venus les inftrumens, par le moyen
» defquels les nations converfent les
» unes avec les autres, & prefque tout
» le genre humain eft lié enfemble dans
» une correfpondance univerfelle. Il
» en eft d'eux comme des chevilles
» & des cloux qu'on employe dans un
» grand édifice, & qui font d'une
» abfolue necéffité pour en joindre
» toutes les parties, quoique leur valeur
» intrinféque paroît peu de chofe. »

D'après cet expofé, mon ami, on
prie l'Auteur de la Requête d'indiquer
quelles font les Villes, où il n'y a point
de Juifs, & où le commerce fleurit le
plus. Vous fçavez que j'ai voyagé, &
je n'ai guére vû de Pays en Europe,
& dans l'Afie & l'Afrique, où les Juifs
ne foyent reçus.

En Pologne, ils y font très-nombreux:
ils jouiffent de toute forte de liberté,
& de très-grands privilèges. Non feulement ils y ont leurs Synagogues &
leurs Academies; ils y jouiffent encore
d'une grande autorité dans leur maifon de Jugement; ils y décident le
Criminel comme le Civil. (a) Ils font.

(a) voy. l'Hiftoire Univerfelle déja citée,
pag. 574.

répandus dans toutes les Villes de ce
Royaume.

Ils font reçus en Moravie, dans la
Servie, *la Croatie*, la Moldavie, la Va-
lachie ; & dans prefque toutes les Villes d'Allemagne, avec liberté de Réligion & de commerce. Ils ont des Synagogues à *Pfurt*, à *Vormes*, & dans
tout le Palatinat du Rhim ; un voyageur
moderne (*a*) compte trente mille
Juifs, dans la feule ville de *Francfort*.
Ils font en grand nombre dans la *Pruffe*,
& particuliérement à *Berlin* & à Hab-
berftat. *Hambourg* eft appellée la petite
Jérufalem, attendu la grande quantité
de Juifs qui y font établis, il y en a
de fort riches ; beaucoup d'autres qui
s'appliquent aux Sciences, & aux Arts.

Dans la feule ville de Rome, on y
compte quinze mille Juifs ; ils y ont
neuf Synagogues, & une Académie ;
dans toutes les Villes de la domination
du Pape, ils y ont liberté de confcience
& de commerce. Il y a long-tems
qu'ils font établis à *Turin*, & dans
quelques autres Villes du Piémont, par
un Edit, ou Tranfaction, qui leur
donne une entiére fûreté pour le Commerce, & leur Religion : ils font auffi

_____

(*a*) Remarques Hiftoriques fur le voyage
d'Italie.

établis dans toutes les Villes d'Italie :
on les reçoit Docteurs & Professeurs
en Médecine ; & ils peuvent l'exercer
dans toutes les terres de la République
de Venise. Enfin il n'y a point de Villes,
tant grande que petite , dans toute
l'Italie, où les Juifs ne soyent admis
avec la liberté de conscience & de commerce.

A Geléopolis , ville située dans la
Chresonese de Tarce, on en compte six
mille ; & un plus grand nombre à *Pruse*,
Ville bâtie sur un côteau de la Mysie ; il y
en a douze mille qui demeurent dans
l'enceinte des murailles. On en compte
trente-six mille, dans la seule ville de
Smyrne.

Ils sont nombreux dans la *Syrie* ; ils
ont des Synagogues à *Damas*, à *Alep*,
qui est l'anncienne Berrée : ils y font
une grande partie du commerce : ils
se distinguent ordinairement dans les
fêtes publiques, & donnent des spec-
tacles pour marquer leur joye de la
prospérité de l'Empire Othoman, sous
la domination duquel ils vivent (*a*) :
ils sont favorisés sur toute les terres
du Grand Seigneur ; on en compte

(*a*) *voy.* Tévenot, tom. 4. p. 50. Stehov'j.,
voy, of the Levant , pag. 314.

E iij

environ cent-cinquante mille, dans la
feule Ville de Conftantinople. Il n'y
a ni Seigneur, ni Marchand, ni Ma-
hométan, ni Chrétien, qui n'ait un
Juifs à fa folde; c'eft le procureur de
la maifon, il conclut les marchés, prend
foin des revenus, & des affaires du
dedans & du dehors.

Dans la plûpart des pays connus
de l'Afrique, les Juifs font non feulement protégés, mais favorifés : ce
font eux qui font le principal commerce
de l'intérieur des terres ; dont ils ame-
nent des Efclaves, & portent aux
Européens de la poudre d'Or, & quantité d'autres marchandifes ; furtout de
gommes & de drogues.

Ils ont quatre Synagogues à *Patras*,
(*a*) où leur cimetiere a l'air d'une
grande Ville. Il y en a beaucoup à
Lepante, à *Livadie*, à *Corinthe* ; &
dans toutes les Villes de la Grece. Ils
font établis à *Tfalonique*, dès le tems
de St. *Paul* ; & ils s'y font toujours
maintenus, ils y ont une Académie
confidérable (*b*) *Ifmaël* frère du Roi
de *Tafilet*, favorifoit encore plus les

(*a*) *voy.* les Voyages de Wheler, tom. I.
pag. 498.

(*b*) V. les Voyages de Wheler, pag. 185.

Juifs que fon frère n'avoit fait : il en
fit un nommé *Joſeph de Tolede*, le
premier Officier de ſa Maiſon ; il l'envoya à la Cour de divers Princes pour
entrer en négociation avec eux. Ce
fut lui qui traita la Paix, avec les
Provinces-Unies en 1687. Le fils a
conſervé les charges de ſon pere, ainſi
que ſes Deſcendants (*a*).

Dans le Royaume de *Féz* & de *Maroc*,
les Juifs ſe pouſſent auſſi très ſouvent
à la Cour, & entrent dans les charges.
C'étoit un Juif nommé *Pacheco*, que le
Roi de Maroc envoya au commencement
du Siécle paſſé, en qualité d'Ambaſſadeur, aux Etats-Généraux. Il mourut à la *Haye* en cette qualité (*b*).
Il n'y a pas long-tems que le Roi de
Maroc, envoya en Danemarck, un
Juif nommé *Buſaglio*, en qualité
d'Ambaſſadeur.

Dans l'*Ethiophie* & dans l'Abiſſinie,
les Juifs y ſont en très grand nombre.
Un Arabe qui avoit voyagé dans cette
contrée, à la fin du dernier Siécle,
aſſuroit Mr. *Ludof*, qu'ils étoient au
nombre de ſoixante mille Juifs à la

(*a*) V. l'Hiſtoire du Roi de Tafilet.
(*b*) Vid. Cavio. Reg. Marocc. Deſcript.
pag. 308. 341.

E iv

Cour (*a*). Ils ont commerce avec les Chrétiens, & vivent avec eux dans une grande familiarité.

Le Cardinal *Commendon*, allant en Ruffie, trouva dans l'Ukraine, une grande quantité de Juifs qui n'y étoient pas méprifés, dit-il : » comme en » plufieurs autres endroits : ils y font » un commerce honnête : cultivent » les terres, ils étudient particuliére- » ment la Medecine, & l'Aftronomie : » ils font fouvent les Fermiers des » Douanes, & des Voitures pour le » tranfport des Marchandifes. Non- » feulement ils ne portent aucune mar- » que qui les diftingue, mais ils peu- » vent porter l'épée, avoir des charges, » & des emplois, comme les autres » Habitans du Pays. (*b*)

A *Vienne* l'Empereur les favorife : il les fait entrer dans les affaires ; il donne des titres honorables à ceux qui y entrent : il y en avoit un, nommé *Daguiliar*, qui avoit le titre de Baron, il s'étoit retiré à Londres, avec la permiffion de l'Impératrice Reine, où

(*a*) Apud Ludolph. liv. 11. ch. 7. & liv. 4. ch. 5. n°. 2.

(*b*) Voyez M. Flechier, vie du Cardinal Commend. pag. 270.

il est mort il y a environ deux ans.

» De tous les pays de l'Europe, mon
» Ami, il en est aucun où les Juifs
» soyent en plus grand nombre, & où
» ils vivent plus tranquillement qu'en
» Hollande. Le commerce les y enri-
» chit; & par la douceur du Gouver-
» nement, ils jouissent d'une entiére
» liberté de conscience. On en compte
» environ quatre-vingt mille dans la
» seule ville d'Amsterdam. Ils ne sont
» pas moins puissants à *la Haye*, où ils
» ont une belle Synagogue, c'est là
» que les riches de la Nation se ras-
» semblent, & viennent jouir tranquil-
» lement des trésors qu'ils ont amassés.
» C'est là qu'ils brillent par leur pros-
» périté, leur luxe & leurs bâtiments
» superbes. Et tel est cependant leur
» bonheur sous le Gouvernement des
» Etats, qu'ils jouissent de leur gran-
» deur sans exciter la jalousie des Chré-
» tiens : les autres, font un commerce
» considerable au dedans, & au dehors,
» sans être exposés à ces avanies, à
» ces vexations, à ses proscriptions,
» & à ses disgraces, sous lesquelles
» nous les avons vû gémir, en d'autres
» pays de l'Europe. Ceux qui sont éta-
» blis en Angleterre, n'ont pas moins
» de sujet de se louer de la douceur

» du Gouvernement, & de la modé-
» ration de la Nation envers eux : ils
» jouissent d'une parfaite liberté de
» conscience, trafiquent sans obstacles,
» possed nt tranquillement ce qui leur
» appartient . . . Ceux d'entre eux qui
» sont riches, sont généreux, non seu-
» lement envers les pauvres de leur
» Nations, mais aussi envers les Chré-
« tiens: quelque un même ont répandu
» leurs charités, dans les environs de
» leurs maisons de campagne, à un tel
» point, & d'une façon si discrete,
» que les meilleurs Chretiens pourroient
» se faire honneur de les imiter (a).
On peut dire que depuis que les
Juifs sont établis à Rome, & dans le
Contat Venaissin, ainsi qu'en Pologne,
pays où leur nombre est considérable,
à peine pourroit-on compter deux exé-
cutions judiciaires, où ils fussent im-
pliqués. Les Lettres-Patentes d'Henri
III. celles de Louis XIV. & celles
de Sa Majesté glorieusement regnant,
démontrent combien leur conduite a
été irréprochable, tant à Bordeaux,
que dans les autres lieux de la France,

(a) V. l'Histoire Universelle traduite d'une
Société de gens de Lettres, à Londres, impr.
à Amsterdam, tom. 23. pag. 585 & suiv.

où ils font habitués. Dans les occafions du monde les plus propres à les faire connoitre à fond ; ils ont toujours gaigné à être connus.

Ce n'eft pas que l'on n'aïe fouvent rénouvellé contre eux les fauffes imputations, & les calomnies. La jaloufie fondée fur l'intérêt eft inépuifable dans fa haine, & dans fes manœuvres. Ces imputations étoient de nature à les perdre, fi elles euffent été vraïes. Mais elles n'ont fervi qu'à mieux mettre au jour la régularité de leur conduire.

Leur fidélité envers les Puiffances fous la domination defquelles ils vivent, n'eft pas moins conftatée ; el'? eft à l'abri de tout reproche. C'eft ce que prouvent tous les Hiftoriens de tous les tems, de tous les lieux. Ils ont toujours donné les plus grandes preuves d'attachement aux Villes & aux Etats, qui les ont reçûs : je me contenterai d'en citer quelques exemples.

L'An 1350 *Pierre-le-Cruel*, étant monté fur le Thrône, fut tué quelque tems après par *Henri de Tranftamare*, fon frère naturel, qui prit *Tolede* : il fe préfenta enfuite devant *Burgos*, qui réfiftoit encore ; les Juifs fe fortifiérent dans leur quartier, & refuferent de fe rendre au Vainqueur ; ils répondirent, que Pierre, dont ils ignoroient la mort, étoit leur Roi légitime, & qu'ils perdroient plûtot la vie, que de recevoir un autre maître que l'héritier de sa maison. Henri ne put s'empêcher d'estimer leur fidélité, & leur accorda de grands priviléges, lorsqu'ils entrèrent dans son parti. (*a*)

Ce furent eux qui contribuèrent le plus à la défense de Naples, contre *Belisaire* ; ils assurèrent le peuple qu'ils ne manqueroient ni de vivres, ni de munitions, & ils tinrent parole. (*b*) On sçait la belle défense qu'ils firent à *Prague*, & les services qu'ils rendirent à cette Ville, lorsqu'elle fut assiégée par les Suédois ; les priviléges qui leur furent accordés à ce sujet, en sont encore la preuve & le monument. (*c*)

Ce sont aussi les grands services qu'ils ont rendu aux *Vénitiens* contre les Turcs. Lors du siége de *Candie*, qui leur ont attiré la protection de la République ; il leurs obtinrent jusques à celle du Pape, *Innocent* XI. Dans une circonstance particuliere. *Morosini* Gé-

---

(*a*) Vid. Cardoso, de Las Excelencias, pag. 371.

(*b*) Vid. Procop. Bell. Goth. liv. I. ch. 8.

(*c*) Vid. l'Hist. Universelle, t. 23. p. 564.

néral des *Vénitiens*, revenant victo-
rieux de la *Morée*, en amena plusieurs
Chrétiens & Juifs ; les premiers furent mis en liberté, & les derniers ré-
tenus prisonniers. Ils implorerent la
protection du Pape. Innocent XI. éta-
blit une Congrégation, pour prendre
connoiſſance de l'affaire, & déſaprou-
va la conduite des Vénitiens envers les
Juifs. La République les mit en liberté. (*a*)

Enfin, mon ami, pour rendre les
Juifs odieux au peuple, on oſe avancer qu'ils ſont ennemis des Chrétiens.
Rien n'eſt plus faux. Car les Juifs ſui-
vant leur tradition, loin de les haïr,
ſont obligés de les regarder comme
leurs propres freres. Les Juifs ont pour
tradition conſtante, que les Chrétiens
ſont les deſcendants d'*Eſaü*, c'eſt-à-
dire, des *Iduméens.* (*b*) Or, il eſt dit
dans le Deuteronome : (*c*) *Vous ne
haïrez point l'Iduméen, parce qu'il eſt
votre frere, ni l'Egyptien parce que vous
avez été étrangers dans ſon pays.* Don
Calmet, ſur ce paſſage dit : « On peut

_____

(*a*) Vid. Luzati, Cardoſo, apud Baſnage,
liv. 9. ch. 32. & la Rocque, l. c.
(*b*) *Voy.* Baſnage, tom. 7. édition d'Hollande, *in-*12. pag. 192.
(*c*) Ch. 23. v. 8 & 9.

» remarquer ici la générosité , & la ré-
» connoissance que Dieu veut inspirer
» à son peuple , en lui ordonnant de
» recevoir les Egyptiens & les Idu-
» méens. Ceux-ci en considération de
» la liaison du sang avec Esaü, & les
» premiers en faveur de l'hospitalité ,
» & des anciens bienfaits des Egyp-
» tiens , avec la famille de Jacob ; sans
» faire attention aux mauvais traite-
» mens , à la persécution qu'ils ont
» éprouvé de la part de ces deux peu-
» ples. » Or si les Juifs ont pour tradition constante, que les Chrétiens des-
cendent des Iduméens ; ils sont obligés
par conséquent , suivant leur loi , de
les regarder comme leurs propres freres , de les aimer , non de les haïr. De
plus , ils leur doivent aussi de la récon-
noissance ; puisqu'ils le tolerent parmi
eux. C'est un acte d'hospitalité qu'on
excerce envers le Juifs ; & leur loi leur
ordonne la reconnoissance.

D'ailleus, les Juifs connoissent trop
bien , la pureté & la douceur de la
morale Chrétienne , qui est conforme
en tout à celle de l'Ecriture sainte ;
pour ne pas la respecter , & pour ne
pas avoir de la considération , & de
l'estime pour les vrais Chrétiens. Ce
n'est pas la Religion Chrétienne , ce

ne font point les vrais obfervateurs de
cette Réligion, que les Juifs pourroient
hair; c'eft la calomnie , & le calom-
niateur ; c'eft la perfécurion, & le per-
fécuteur. C'eft le faux Chrétien , qui
au mépris de l'Evangile , cherche toute
forte de faux prétextes , pour perdre
ces infortunés , & fatisfaire en même-
tems fa haine injufte , & fon intérêt
fordide.

Pour infinuer des craintes mal-fon-
dées , dans l'efprit du peuple , on dit
que les Juifs cherchent à envahir le
bien des Chrétiens. Comment pour-
roient-ils les envahir ? Où les porte-
roient-ils ? Les Juifs , n'ont d'autre
patrie que celle qu'ils habitent paifi-
blement. Le féjour leur en devient
agréable , par la tolérance qu'on a
pour eux. On ne doit donc point ap-
préhender , qu'après avoir ramaffé des
richeffes , ils les tranfportent ailleurs ,
& en dépouillent les Etats où ils peuvent en jouir tranquillement. Les *Sa-*
cerdots , les *Gradis* , les *Blins* , les
Spirs, & plufieurs autres , prouvent
bien le contraire de cette fauffe accufation.

N'eft-ce pas le comble du ridicule ?
N'eft-ce pas une abfurdité manifefte ,
de vouloir faire croire qu'ils cherche-

roient à trahir leur patrie, & leur de-
meure ? Ne feroit-ce pas fe détruire
eux mêmes ? Perce-t-on le fein de la
mere qui nous nourrit ?

Qu'on réflechiffe fur le commerce de
l'Angleterre, & de la Hollande, Etats
devenus fi puiffants, & où il n'y a, ni
corps de Marchands dans les Villes,
ni mendians dans les rues, on verra
combien le commerce a de reffources.
Combien il eft intéreffant, même pour
les Marchands de Paris, ainfi que pour
le refte du Royaume ; qu'il y vienne
des perfonnes en état de contribuer par
leurs talents, tant à l'augmentation du
commerce, qu'à fon foutien. Il en ré-
fulte même, une douceur pour les habitans. Ces nouveaux venus contri-
buent aux befoins de l'Etat. Il n'y a
pas à douter que ceux qui défirent d'habiter la France, bien loin d'y être nui-
fibles, doivent y être reçus favora-
blement. S'ils font riches, ils apporte-
ront l'abondance avec eux. Ils feront
circuler l'argent, (foutien du commerce en général, au point que fi les
riches de votre Royaume en faifoient
autant, le commerce y fleuriroit.) S'ils
ne font pas riches, au moins ils font
induftrieux. Ils auront des rélations
avec les autres parties de la terre. Ils
déploye-

déployeront leurs talents , & procure-
ront par leurs connoiffances , le dé-
bouché des denrées , & des marchandifes , des Manufactures de France. Il
eft de leur intérêt d'en agir ainfi , pour
fe procurer leur propre bien-être. Ils
foulageront les habitans des Villes où
ils fixeront leurs demeures , en contri-
buant fuivant leurs richeffes aux impôts. Il n'y a pas à craindre qu'ils trou-
blent le culte Divin. Il eft de leur intérêt de garder le filence fur cet article , pour n'être pas expofés à fe voir
troublés eux-mêmes. Enfin , comme
ils n'ont d'autre but que de procurer
le bien de l'Etat , il en réfultera et
même-tems leur bien particulier. Si
jamais on a vu quelqu'un du fentiment
contraire à la Religion dominante en
France , quitter le Royaume , c'eft qu'il
s'y eft vu contraint.

Peut-on reprocher aux Juifs de fe
faire un bien être , & de favoir tirer
parti de leurs talens ? Ils ne doivent ce
bien-être qu'à leur œconomie : c'eft
par elle feule qu'ils les voient s'augmen-
ter. Il n'eft pas étonnant que quelques
Juifs foient dans la claffe des gens riches. Ils mettent en pratique le pré-
cepte de Ciceron , qui dit : « que pour
» devenir riche , il faut ménager jufques

F

» auxpluspetites dépenses ». Auſſi n'ont-ils , ni maiſons brillantes , ni équipages , ni domeſtiques nombreux ; un ſeul ſuffit à leur maiſon. Leur table eſt frugale , & leurs habillemens modeſtes. C'eſt cette conduite œconomique qui leur fournit les moyens de répondre aux occaſions favorables qu'offre le commerce. Le Public n'envie le Juif que parce qu'il le trouve toujours prêt à ſatisfaire à ſes engagemens. Il oſe attribuer cette exactitude à des infidélités, à des manœuvres illicites , parce que lui-même ne ſe trouve point à portée d'être auſſi exact. La conſéquence n'eſt pas moins fauſſe qu'elle eſt odieuſe. Qu'il n'oublie jamais qu'en s'écartant de l'œconomie , ſa dépenſe le prive des mêmes facilités que cette même œconomie procure aux Juifs ; alors il leur rendra juſtice ; ſuivra leur exemple , & jouira de la ſatisfaction que l'aiſance procure.

Les mœurs des Juifs n'ont rien que d'édifiant. Au contraire loin de les blâmer, on connoît & on loue leur exactitude à l'obéiſſance de leur Loi. Leur charité en général , & celle qu'ils exercent envers les leurs , prouvent aſſez la fauſſeté de ce qu'on leur impute. Leur in-

térêt eft de profeffer leur Religion chez
eux fans fcandale : ce qu'ils ont toujours
évité avec foin. On ne verra jamais
qu'aucun Juif ait cherché à faire un
Profélyte, dans aucune partie de la terre;
cela eft même contraire à leurs principes.
Ils ne parlent jamais de Religion à qui
que ce foit ; & ils font attentifs à faire
obferver à leurs domeftiques les de-
voirs de la Religion Chrétienne ;
leur exactitude, à cet égard, l'emporte
même fur celle de plufieurs Chrétiens.
Auffi voyons-nous que, dans les Etats
du Pape, ainfi que dans prefque tous
les pays Chrétiens, ils font reçus avec
liberté de confcience, & qu'il ne leur
a jamais été fait aucun jufte reproche
pour caufe de Religion.

Paffez-moi, mon ami, ma prolixité; je
fens bien que je me fuis écarté des re-
gles Epiftolaires. Mais je n'ai pu me
refufer à cette foule de réflexions que
la Requête des Marchands a fait naître,
ni à la multitude des exemples fi frap-
pants, & des vérités fi évidentes, qui
toutes prouvent le contraire de ce que
l'on a voulu infinuer contre les Juifs.

Qu'on ne faffe donc plus rougir
notre fiecle par un langage qu'il ne
doit plus entendre. Que tant de fables
imaginées par l'ignorance & le fana-

tifme rentrent dans l'oubli d'où l'on
s'efforce de les tirer. Il fut un tems
où le faux zele couvroit bien des crimes. Veut-il encore fervir de mafque à
l'intérêt? Cet intérêt n'eft point celui
de l'Etat. Ce n'eft pas même celui des
vrais Négocians. Ceux-là ne redoutent
ni admiffion, ni concurrence. Ils favent que le commerce eft une mine
féconde, où quelques mains de plus
peuvent puifer fans en altérer la fource.
Qu'elles ne fervent qu'à répandre de
plus en plus fes tréfors. Ils favent qu'a-
vec de l'ordre, de l'œconomie & de
l'activité, on peut balancer les fuccès
des Juifs; que c'eft là tout leur fecret,
& qu'un tel fecret eft facile à faifir.
L'admiffion des Juifs en France eft
fondée fur des titres inconteftables.
Les Lettres-Patentes de Louis XIV, &
celles de Sa Majefté Louis XV. glo-
rieufement regnant, ont rétabli l'at-
teinte portée par la Déclaration de
1615 à celles d'Henri II. confirmées
par celles d'Henri III.

Les reproches que l'on ofe faire aux
Juifs ne portent fur aucun fait avéré.
Ils ne répugnent pas moins à la raifon
qu'à la vraifemblance.

Le tems n'eft plus, mon ami, où les
vaines déclamations l'emportoient fur

le raifonnement. Les Juifs , dit l'Auteur de la Requête , ne font Corps de Nation dans aucun lieu de la terre. Je réponds, qu'il eft d'autant moins dangereux à tous Corps de Nations de fe les adapter. Ils n'ont plus de Patrie, dit on encore, hé bien ! la terre qui les nourrira , deviendra une nouvelle Patrie pour eux. Ils ne feront point tentés de porter ailleurs les richeffes dont ils lui feront redevables. Où iroient-ils pour être mieux ? Quitteroient-ils un Etat affuré pour un Etat incertain ? Ils n'ont ni Souverain , ni Chefs, continue-t on : ils n'en feront que plus attachés, que plus foumis au Souverain qui les protégera. Ils feront exempts de cette prévention fecrette que tout homme qui s'expatrie, conferve malgré lui-même, en faveur du Gouvernement fous lequel il eft né.

On paroît craindre qu'il ne fe débite chez eux que des marchandifes de la plus mauvaife qualité. C'eft leur fuppofer beaucoup de mal-adreffe. Ils donneroient par-là fur eux un avantage décidé aux autres Marchands. Ceux-ci d'ailleurs puifent tous les jours dans les magafins des Juifs. Ils feroient donc eux-mêmes coupables de la fraude qu'ils leur imputent. Enfin l'on ofe avancer

qu'ils dèshonoreroient le commerce par
une foule de manœuvres illicites. C'est-
là précisément une calomnie anticipée.
N'y a-t-il pas des Loix, des Magis-
trats ? Voit-on souvent les Juifs im-
pliqués dans ces sortes d'affaires? Est-ce
toujours chez les Juifs que tant de fils de
famille viennent faire des achats oné-
reux ? Les Juifs respectent les loix de
la société, quoiqu'eux-mêmes n'en
jouissent qu'imparfaitement. Laissez-les
jouir de tous les droits des citoyens,
ils auront à-coup-sûr l'ame citoyenne.

J'ai vu ce qui se passe en Angleterre,
en Hollande & dans les différentes con-
rées où les Juifs sont admis. J'ai vu
que depuis l'époque de cette admission,
le commerce de l'Angleterre est au-
gmenté de moitié, & celui de la Hollande des deux tiers. Il en est à-peu-
près de même de celui de Hambourg,
de Livourne, &c. Celui de la France
pourroit être triplé, quadruplé, de
même que l'agriculture. Ce feroit l'u-
nique moyen de fortifier & d'enrichir
l'Etat en tout sens. Un pays qui n'a
ni mine d'or ni mine d'argent, ne peut
y attirer l'un & l'autre que par le commerce. Le commerce lui-même a besoin
d'hommes intelligens & accrédités,
d'hommes qui s'y livrent sans reserve

& qui élevent leurs enfans dans le même efprit ; ce feroit le cas des Juifs ;
ce n'eft point celui de la plûpart des
Négocians François. Toute leur am-
bition eft de placer leurs enfans dans
l'Eglife , la Robe ou l'Epée. Or
toutes les fois qu'un Marchand ou Négociant achete une Charge à fon fils,
ou qu'il le place ailleurs , le commerce
perd un homme & des capitaux. Cette
perte fe renouvelle tous les jours & ne
fe répare qu'avec lenteur, fouvent même elle ne peut fe réparer. Le commerce voit tous les jours en France de
nouveaux initiés , qui, avec des foibles connoiffances n'apportent que des
moyens encore plus foibles. Cependant
il a befoin pour fe foutenir d'hommes
qui réuniffent les connoiffances aux
moyens. Efpérons que cette néceffité
fera de plus en plus fentie, & qu'elle
décidera la queftion en faveur des
Juifs. Une telle queftion ne fe feroit
jamais élevée ni en Angleterre, ni en
Hollande. *Il faut avoir pitié des Er-
rans au lieu de les opprimer* , dit un
favant Hiftorien (a) ; je crois pouvoir
ajouter qu'en général toute oppreffion
eft odieufe, lorfqu'elle n'a pour objet
que des opinions , & que ceux qui en
font pénétrés, ne fongent point à les

(a) Bafnage.

répandre. Je crois enfin que la raison d'Etat a ses exceptions particulieres, & que c'est au Souverain à la faire parler à propos. Elle a déja parlé plus d'une fois en faveur des Juifs, il ne s'agit que de confirmer aujourd'hui ses décisions.

Pour moi, mon ami, je vous déclare n'avoir pris la plume qu'en faveur de la justice & de la saine raison. Je voudrois que l'une & l'autre pussent triompher dans tous les pays de la terre. Le monde seroit plus tranquille, & les hommes en seroient plus heureux.

Je suis, mon ami,

Votre très-humble
& très obéissant
Serviteur J. B. D. V. S. J. D. R.

A Londres ce 23 Septembre 1767.

www.ingramcontent.com/pod-product-compliance
Lightning Source LLC
Chambersburg PA
CBHW060457260626
47161CB00005B/2145